내 사랑 길치

나답게 사는 시 009

내 사랑 길치

지은이 | 신정아
펴낸이 | 一庚 張少任
펴낸곳 | 돌설 답게
초판 인쇄 | 2021년 9월 20일
초판 발행 | 2021년 9월 25일
등 록 | 1990년 2월 28일, 제 21-140호
주 소 | 04975 서울특별시 광진구 천호대로 698 진달래빌딩 502호
전 화 | (편집) 02)469-0464, 02)462-0464
       (영업) 02)463-0464, 02)498-0464
팩 스 | 02)498-0463
홈페이지 | www.dapgae.co.kr
e-mail | dapgae@gmail.com, dapgae@korea.com
ISBN 978-89-7574-338-2
ⓒ 2021, 신정아
나답게·우리답게·책답게

나답게 사는 시 **009**

내 사랑 길치

신정아 시집

도서
출판 **답게**

신정아

2012년 월간문학 신인상 동시 당선
2018년 시see 청년시인상 시 당선

* 수상
황금펜아동문학상, 젊은새싹문학상

* 지은 책
동시집 『시간자판기』 외
동인시집 『내 마음에 하늘이 조금만 더 컸으면 해』
평론집 『신현득의 동시세계』 세종우수도서 선정

현재 단국대학교에서 글쓰기 및 한국어를 강의하고 있다.

2부 내일을 나는 기러기

3부 별은 눈물이 없고

사랑을 할 수 있으니

가슴에 차곡차곡 쟁여놓았던 것들을 누군가에게 이야기하고 싶었다.

그것을 꺼내서 출렁이는 시의 바다에 띄우겠다.

등단 소감을 다시 꺼내 읽으니 감회가 새롭다. 혼자 쟁여놓았던 것들을 누군가에게 이야기하게 되는 날을 오래도록 기다렸는데, 정작 기회가 주어지니 두려움이 반이다. 첫 아이를 출산했을 당시의 두려움과 크게 다르지 않은 것 같다. 처음은 늘 그렇게 다가왔으므로 이번에도 용기를 내어본다.

지난한 여정의 고뇌 속에서 표출된 삼십여 편의 시를 첫 시집 『내 사랑 길치』에 담았다. 등단 이전에 쓴 시를 수정해서 실은 작품은 아홉 편이고, 나머지는 등단 이후 창작하거나 문예지에 발

표한 작품 중에서 추렸다. 시를 쓸 때마다 시가 무엇인지를 생각한다. 때로는 생각이 바뀌곤 한다. 그럼에도 시가 우리의 삶을 지탱해주고 세상의 빛을 희구함은 앞으로도 변함이 없으리라.

돌이켜보면 자연은 고요한 슬픔이었다. 어깨에 손을 올려 도닥여주고 마음을 달래주었다. 정답은 아니지만 여기에 삶의 열쇠가 있다고 믿고 싶다. 다행이다. "사랑을 하지 않고 사냥을 (『사랑니』)" 한 것이 아니어서. 지금이라도 사랑을 할 수 있으니!

2021년 가을날에

신정아

1부 나답게 사는 시詩

숨을 곳

사람이 많아서
사람을 찾을 수 없는 광장에서

나는 숨을 곳 없는
한 마리 짐승

어디든 내 방이고
어디든 내 방이 아닌 짐승

어디에도 내가 있어
아무도 찾지 않는 짐승

당신을 만나러 가는 길

당신을 만나러 가는
길 속에
한참을 있었습니다

별빛을 따라
몸을 눕히는
가난한 갈대밭이
털을 부비고 있었습니다

바래져가는 갈잎 위로
시린 별빛이
주춤주춤 쌓입니다

그 별빛 다 녹도록
걷고 또 걸어도
제자리걸음입니다

지금이 바로 그때

커피를 마시기 위해 잠을 자고
커피를 마시기 위해 눈을 뜹니다
하루는 잠에서 깨어나는 것인가요
아니면 잠드는 것인가요
당신에게만 말해줄게요
사실 나는 지독한 길치여서
아주 익숙한 길에서조차
한 발짝도 걷지 못하곤 합니다
헤매는 발길처럼
하루 종일 시간을 허비하지요
어두워지는 길목 한가운데에 서서
주변을 두리번거리다가
노을이 질 때면
하염없이 노을을 바라보고 있어요
그러니
언제 만나 커피라도 한잔 하자는
얘기는 말아주세요

어때요
지금 제게로 와서
커피 한잔 하시겠습니까?

곁

세상에 별일은 없습니다
서로의 이름을 불러주고
서로의 손을 잡아주는 일이 있을 뿐

여유가 있는 이는 시간에 대해 자유롭고
건강한 이는 건강에 대해서 자유롭다는데
우리는 자유를 모르지요

우리가 갇혀 있는
좁고 컴컴한 화분은
뚜껑을 덮을 수 없는
관棺이 됩니다

씨앗일 때 머물던
고향의 살 냄새를 그리워하면서
봄을 넘길 수 있을까요?
여름을 맞을 수 있을까요?

별을 안을 수 없고
별빛에 기댈 수도 없는 밤
세상은 우리를
가만히 내버려두겠지요

세상에 별일은 없습니다
서로의 이름을 불러주고
어깨를 빌려주는 일이 있을 뿐

F5 태양

F5!
새로고침 되었네
누가 봐도 시작하지 않은
시작하면 달라질 수 있는
언제든 고칠 수 있는 사물이었네

날마다 새로 뜨고 날마다 새로 지네
긴 시간 세상에 머무르다가
이따금 조금 일찍 저무는 날 있었네
해안선에 다다라 몸 눕히다가
때로 흙 밟으며 산 뒷길로 내려오네

오늘도 새로이 뜨고 새로이 지네
매일 다시 태어나도 지워야 할 것 많네
미처 돌보지 못한 나무와 풀꽃들

오, 내일도 처음이 되리라
풀뿌리 박힌 땅속 깊은 곳에 앉아서
해저물녘까지 사랑을 하리라
산꼭대기에 올라 함성을 질러보리라

몸치라서 미안해요

휘청거리는 바람
안아주지 못하고
떨어지는 눈발
두 손으로
받아주지 못했습니다

당신께 가려는 발걸음
차마 떼지 못하는
몸치라서 미안해요

기다리다 지친 별들은
어깨 위로 쏟아집니다

동행

무엇으로 치장했는지 알 수 없는 밤에
보아달라고 보채지 않는 밤에
오로지 닿음으로 느낄 수 있는 밤에

어깨를 감싸주는 눈발
귓불을 스쳐가는 바람
이마에 내려앉는 달빛

떨림

그래, 건반이었지
나를 하얗게 만드는 건

도레미파솔라시도
점점 빠져드는 거야

긴장할 때면
숨을 쉬지 않는 습관
나는 지금 숨 쉬고 있는 걸까?

눈을 뜹니다
숨을 쉽니다

손가락이 닿을 때의
떨림을 타고 흘러온
하얀 바다

몸 구석구석
조여진 나사 언저리를
맴돌고

그래, 건반이었지
나를 하얗게 만드는 건

그 위에 시를 쓴다
때로는 샾(#)이 필요하다는 듯

까만 시를 읽는 것도
바다의 몫

꽉 조인 나사가
흔들리기 시작한다

거울을 보는 법

화분을 가꾸고 싶나요
바이올린을 켜고 싶나요
고양이를 키우고 싶나요

담배를 피우고 싶나요
이제,
옛 애인을 만나고 싶나요

그만 가세요
절대 뒤돌아보지 말고
배꼽 손 쥐듯 뒷짐 지고
한 걸음 두 걸음 멀어질수록
당신 곁에 놓인 가느다란 손가락
혹은 거친 손등
그것도 아니면 닿을 수 없는 체온

거울은 등 위로 빼곡하게 새겨진 글자를 읽
습니다
바람이 지나가도 지울 수 없고
걸음을 멈추어도 잠들지 않는
다다르지 못할 등 위로
당신은 또 무엇을 더 올려놓고 싶습니까?

내가방에서나옵니다

끝없는 방 속을 헤매며
매일아침 가방을 바꿔드는 것은
나의 오래된 버릇이지요

내가방에들어갑니다
태풍 불어오는 방
우박 쏟아지는 방
가뭄 들어 쩍쩍 갈라진 방
이를 꽉 악물고 있는 방
이곳에서 나는
가방 속 우산을 꺼내들거나
가방 속 고인 물을 마시거나
별을 가방에 넣은 채 지퍼를 꾹 잠그거나

나는 더 이상 방을 짓지 않습니다
방을 짓는 대신 밥을 짓습니다
따순 별빛을 모아 지은 밥알이
하얗게 익어갑니다

내 사랑 길치

경로를 이탈하였습니다. 300미터 앞 100미터 앞 가늠하지 못합니다. 조금 일찍 꺾거나 조금 늦게 방향을 틉니다. 이따금 엉뚱한 곳에 우뚝 서 있습니다. 목적지 도착시간이 늘어납니다.

경로를 이탈하여 재검색합니다. 발길 돌려 내려오는 산길, 갈매기 대신 뻐꾸기 소리 들립니다. 뻐꾹뻐꾹 뻐꾹새를 따라 울다가 딸꾹딸꾹 딸꾹질이 납니다. 넘어졌다가 일어서기를 반복하는 파도 소리 멀어지고 몸을 부비며 서걱거리는 나뭇잎 소리 듣습니다. 모래사장에 반짝이는 별 위를 걷지 않고 낙엽들이 어지러운 흙길을 걷습니다.

목적지 도착시간은 늘어났다가 줄어들었다
가 또 다시 늘어납니다. 많이 돌아왔을지 모릅
니다. 약속시간도 늦었습니다.

모두가 당신을 기다립니다.

2부 내일을 나는 기러기

격리

눈 예쁜 사람이 유리하대요
코가 오뚝한 사람은 소용없고
안젤리나 졸리 입술을 닮은 사람도
뽐낼 수 없는 시대라네요

내게는 여러모로 유리한 시대가 왔어요
아이 넷이 돌아가면서 기침을 하거나 코를
홀쩍였는데
어느새 환절기가 다 지나갔네요
단골이었던 이비인후과 선생님을 만난 지
오래고
유난히 얇은 입술을 마스크로 가린 다음부터
내 얼굴이 예뻐보이더라니까요
가려지지 않는 얼굴 부위만 화장한 것을
아무도 알아채지 못하더군요

꿈에서조차 마스크를 쓴 사람들을 만난 뒤로
잘 때도 마스크를 쓰는 버릇이 생겼지요
그들은 여전히 멋지고 나는 아직 예쁩니다
목욕탕에서 옷은 벗더라도 마스크는 꼭 쓴
다는
누군가의 코와 입술이 궁금해지는 시간입니
다
눈을 감고 코와 입을 막은 채 깊은 잠에 빠
집니다

산소가 부족할지라도
숨 가쁘지 않은 이상한 밤입니다

내일이 온다

겨울밤 깊어지면

하늘 아니고 강물 아닌

희미한 전기장판 위로

차가운 별들이 솟아납니다

산허리

한번이라도 허리를 펴고 싶다

긴 일생 엎드려 있는 그녀
골짜기는 여인의 굽은 등을 따라 흐른다

그녀가 몸을 일으키는 순간이면
씨앗은 품을 잃고
물은 길을 잃을 게다

오,
엎드려 기지개 켜는 여인

등줄기 뼈마디마다
낮이면 햇빛을 업고
밤이면 달빛을 업고

사랑니
- 대화1

사랑을 하기 전에 사냥을 했네
들판에서 허공에서 뛰어다니는
날짐승들을 닥치는 대로 잡아 씹었네

짐승의 살과 뼈
짐승의 털과 피
헐떡거리는 짐승의 심장을

짐승의 심장을 먹다가
갑자기 울음이 터져나왔네

늙은 손
- 대화2

늑대는 발이 푹푹 빠지는 눈길을 가네
늙은 발로 눈을 헤쳐 가며 길을 만드네
어린 늑대들이 종종걸음으로 그 길을 가네

어둑한 숲길을 걷네
아버지의 등이 길을 비추네
하얀 등 뒤로 눈이 내리네

주름진 손등에도 눈이 내리네
손등을 흐르는 핏줄을 따라
종종걸음으로 이렇게 걸어왔네

어머니

엎드려
뙤약볕을
막고 있는
등나무
나이테가
실타래마냥
감기며
오른다
엎드린
등이
비를
맞는다

바다욕조

저녁노을로 데워진 바다

바알간 목젖까지 차오르는 파도

나지막이 들려오는 별들의 대화

내일을 날고 싶은 기러기

돌멩이에게

언제부터 신발 밑창에 끼인 채 있었는지

어느 길목에서 내릴 생각이었는지

온종일 땅을 밟아도

왜, 넌

나에게 다다를 수 없었는지,

가짜

여우 털을 목에 두르고

소가죽을 어깨에 걸친 사람의 몸에서

향기를 맡는 사람들

"짐승을 두 마리나 키우네요."

광채가 가짜란 걸 모르는

비염 환자들

나에게로 오는 길

　노란 책장 하나가 낡은 담벼락을 가린 채 서 있다. 누가 버렸을까. 변변찮은 허리로 책장을 내 방에 들인다. 책장 모퉁이의 낙서에서 크레파스 냄새가 났다.

　방 한 구석 겹겹이 포개 누워 있던 책들이 오랜만에 기지개를 켠다. 오랜 시간 방치된 껌처럼 바닥에 붙어 있던 책들이 쩍— 기척을 내며 일어난다. 켜켜이 묻은 먼지를 젖은 수건으로 닦고 다시 한 번 마른 수건으로 훔치고는, 책장에 들어간다. 노란 몸속이 빼곡하게 채워질 때 질근질근, 책장은 껌 씹는 소리를 낸다. 책장 낙서가 끈적거린다.

오롯이 벽에 기댈 수밖에 없던 책들이 와그르르 무너졌을 때처럼 책장을 그득 채우고 나서 꼬박 나흘 이지러지게 몸살을 한다. 책들이 노란 몸속을 가새지른 채 나를 에워싸고 있다. 책장에서 삐져나온 낙서가 그늘진 내 흔적을 굽어보고 있다.

잠들기 전

사람들은 모두
안경을 벗는다

시간이 이끄는 대로
묵묵히 걸어갈 길 아는
그윽한 밤
평온해진다

두 눈에 촘촘히 박힌 렌즈를
벗어던질 때
더 가까이 만져지는
아늑한 길

아무도 들여다보지 않는
그 길은
고요한 눈빛으로
깊어진다

낙엽무덤

낙엽은 왜 저 멀리 날아가지 않고
흙으로 떨어지고 마는 것인가
발에 밟힌
수북한 낙엽 위에
바람이 쌓이네
먼지가 쌓이네
그 위로 서느런 눈
그득 내려앉았네

발바닥 닿지 않는
수심 깊은 물 위를 걷듯
눈길을 걷는다

발목이 푹푹 빠져드는
눈길 아래

부서진 낙엽의 뼈가
잠들어 있으니

3부 별은 눈물이 없고

종이 울리네

아버지의 안락의자에
덩그러니 남아 있는 종

더 이상 울리지 않는 종
종소리는 아버지를 따라 떠났네

아버지가 종을 흔드네
종소리는
아버지의 소리였네
우리의 이름이었네

먼 곳에서도 부르고 싶어
종소리 가지고 가셨나

간절한 그 소리
바람 속에 사는가

아버지의 몸이
종 되어 울려 퍼지네

하루

고장난 하루를 삽니다

숨을 멈추는 연습을 합니다

시곗바늘이 점점 짧아집니다

책상 위 달력에는 X표가 늘어납니다

똑딱똑딱 앓는 소리가 납니까

차가운 시간은 말없이 엎히고

하루는 수리 중에 있습니다

달력 속 숫자들은 다시 살아나고 싶습니다

탈출

천장이 높은 집이 있었다
올라가도 계속되는 계단이 있었다

목이 아무리 말라도 멈춰서는 안 된다고 했다

하늘까지 닿은 콩나무를 타고
잭이 되었다는 생각을 했다

올라가면 황금 알을 낳을 수 있다는 것일까
계속 올라가면 황금하프를 켤 수 있다는 것
일까

천장이 높은 집에 가둬졌다
가도 가도 사다리는 끝없이 이어졌다

잭처럼 무사히 도망칠 수 있을까?

거리두기

당신은 왜 하늘에 떠 있나요?
작아서 아름다운 것들
언어가 다른 우리는 수화를 시작해
서로를 구속하고 싶어진다

오, 나의 고해, 당신은 보고 있나요?
따분한 기도

'아스트란시아* 같은 당신은
내가 물을 줘야만 살 수 있었죠'

그것은 일방적인 반성
용서 받았다고 착각하지는 않기로 한다
당신은 눈물이 없고
그러니까 난 초라한 손수건을 건넬 수도 없어
보속** 같은 주문도 없이
침묵을 번역하지

'불덩이잖아, 나는, 당신이 잡을 수 없는
말랑말랑한 별이잖아'

* 별을 닮은 꽃, 꽃말은 사랑의 갈증
** 고해 신부가 정해주는 속죄 행위

심야식당

김이 솟는 밥그릇에
일제히 코를 박고 있다

갑자기 고개를 든
한 사내

숟가락을 탁 놓으면서 말했다

"마누라 발에 코 박고 자고 싶다"

허수아비

달려가
안기기
전엔
내려놓을 것 같지 않은 두 팔을 벌리고
서
있
는
당
신
그 무거운 십자가로도 모자라
또
하나
막대를
지
고
계
시
네
요

어머니의 틀니

전혀 상관없는 무엇이었다가
당신의 몸이 되었네

당신이 나를
보이지 않게 숨겨둘수록

나는 더욱 은밀하고 깊숙하게
침투하였네

처음 당신에게 익숙해지고자 했을 때
나는 그때 아주 강렬하게 당신을 껴안았네

틀에 꼭 맞기를 기대하면서
당신의 자궁을 껴안았을 때처럼

나 없이는 씹을 수 없다는 걸 알면서도
S극과 N극 사이에서

이제는 씹지 않고
녹여먹는 연습을 하는 당신

단체문자방

밤이 깊도록
누군가는 시를 적고
또 누군가는 노래를 부르네

그 노래, 시 구절 때문에
눈 뜨네
밤 지새우네

어떤 이는 목소리를 높이네
이곳에서 나는 침묵주의자
아무 말도 할 수가 없네

사람들은 말을 하네
사람들이 말을 하네
읽지 않은 목소리
차곡하게 쌓여가네

소리 없이 닫히는 문틈으로
우리의 귀가 하나둘 사라지네

허기

어제 사랑해라고 말했을 땐
사랑해, 라고 대답했지

오늘 사랑해라고 말했을 땐
나도, 라고 대답했고

내일 사랑해라고 말하면
응, 이라고 대답할까

너의 대답이 짧아지네
우리의 해가 짧아지네

바닥 같은 겨울이 오겠네
나는 자주 배가 고프겠네

벚꽃

벚꽃은 날아가 버리지만, 어쩌면
하룻밤새 퍼부은 비로
있었는지도 모르게 사라져 버리지만
가시 틈 사이로 빠져나가는 벚꽃을
쥐어보지 못할지라도
벚꽃이 내리는 날이면
그 풍경에 손을 뻗어볼 수 있으니!

겨울에도 이따금 벚꽃 뿌리는 나라에서

폭죽

가방 깊숙이 짊어졌던 손금을 꺼내 달빛에 비춰보는 아이야, 소리 내어 울어도 된단다. 인형을 안고 울어도 된단다. 그래도 방문을 닫고 혼자서 너무 오래 슬퍼하지는 마렴. 인형을 세게 끌어안은 너의 가슴은 크게 부풀었다가 떨리면서 작아지고 그 작은 방에 모두 다 담아 놓을 수 없는 슬픔을 그러려니 하지 않아도 된단다. 안고 있던 인형을 쓰다듬고 디카페인으로 혀를 달래면서 침묵하지 않아도 된단다.

두 손으로 얼굴을 가린 채 울면 눈물이 손금을 타고 흐른다지. 깊게 패인 손금을 보면 너는 자꾸 거짓말을 하고 싶어 했잖아. 웃거나 아니면 화를 내거나, 걷지 못하는 아기가 무릎으로 걷는 연습을 하듯 너는 울었잖아. 손금을 가방에 넣은 뒤로 너는 움푹 파인 함정의 가장자리를 하염없이 걸었지. 마치 너에게 눈물샘이 있는 것처럼.

죽은 지 오래인데 휴대폰에서는 네 생일임을 알리는 종이 울리고 눈물 대신 폭죽이 터지고, 나는 다시 시인이 되고 싶다.